16	3	2	13
5	10	11	8
9	6	7	12
4	15	14	1

LUÍS FRANCISCO CARVALHO FILHO

NADA MAIS FOI DITO NEM PERGUNTADO

editora■34

EDITORA 34

Editora 34 Ltda.
Rua Hungria, 592 Jardim Europa CEP 01455-000
São Paulo - SP Brasil Tel/Fax (11) 3816-6777 editora34@uol.com.br

Copyright © Editora 34 Ltda., 2001
Nada mais foi dito nem perguntado © Luís Francisco Carvalho Filho, 2001

A FOTOCÓPIA DE QUALQUER FOLHA DESTE LIVRO É ILEGAL, E CONFIGURA UMA
APROPRIAÇÃO INDEVIDA DOS DIREITOS INTELECTUAIS E PATRIMONIAIS DO AUTOR.

Capa, projeto gráfico e editoração eletrônica:
Bracher & Malta Produção Gráfica

Revisão:
Adrienne de Oliveira Firmo
Alexandre Barbosa de Souza

1ª Edição - 2001 (1ª Reimpressão - 2001)

Catalogação na Fonte do Departamento Nacional do Livro
(Fundação Biblioteca Nacional, RJ, Brasil)

Carvalho Filho, Luís Francisco
C331n   Nada mais foi dito nem perguntado /
Luís Francisco Carvalho Filho — São Paulo:
Ed. 34, 2001.
88 p.

ISBN 85-7326-202-8

1. Contos brasileiros. I. Título.

CDD - B869.3

Nada Mais Foi Dito
Nem Perguntado

Perna	9
Filha	15
Toca-fitas	21
Química	25
Injúria	31
Licença	37
Caveirinha	41
Cigarro	47
Papel	59
Pederasta	65
Correio	73
Telefone	79
Amigo	83

É tudo ficção. Qualquer semelhança com pessoas, processos ou episódios reais terá sido coincidência.

NADA MAIS FOI DITO NEM PERGUNTADO

Para Célia e Luiz
Para Paula Cesarino

PERNA

[*Começo da tarde. Faz muito calor na pequena sala de audiências. O promotor, o advogado e o réu também estão sentados em torno da mesa retangular maior, perpendicularmente encostada à frente da escrivaninha do juiz, formando um T. O clima de sóbria camaradagem só não alcança a testemunha: tímido, cabisbaixo. A escrevente datilografa despachos e formulários num canto, tendo ao seu lado uma enorme pilha de processos. Um crucifixo e um computador ornamentam a sala, despida de qualquer luxo. O réu usa uma camisa muito limpa, muito branca, muito engomada, que acentua a aparência de jovem rico e distante. Homicídio culposo. O juiz deixa de lado os papéis e folheia o processo. Começa a perguntar. O diálogo é registrado pela estenógrafa forense.*]

Juiz: Seu nome...
R...: R...
Juiz: O senhor foi arrolado como testemunha pelo promotor e deve dizer a verdade, sob pena de ser condenado à prisão. O senhor não pode mentir. O senhor sabe disso, não sabe?
R...: Sim, senhor.

Juiz: O senhor presenciou o acidente?
R...: Não.
Juiz: Conhece o réu, sentado ali?
R...: Não. Sei que é o motorista.
Juiz: O que sabe sobre o caso?
R...: Sou irmão de F... Meu irmão era motoqueiro e foi atropelado por ele. Ele morreu. O carro passou o sinal fechado.
Juiz: Ah, o senhor é irmão da vítima. O senhor sabe por que ele morreu?
R...: Ele foi atropelado de moto.
Juiz: A defesa diz que ele morreu por falta de atendimento médico e não pelo atropelamento, e que o seu irmão apenas fraturou uma perna e que hoje poderia estar bom se tivesse sido bem atendido.
R...: É, ele quebrou a perna em dois lugares... Ele foi atropelado e acho que demoraram muito para operar. Não sei...
Juiz: Ele usava capacete?
R...: Diz que usava.
Juiz: A que horas foi o acidente?
R...: Foi de manhã, no trabalho.
Juiz: Quando o senhor soube do acidente?
R...: No mesmo dia. Telefonaram pro serviço e eu fui pra lá.
Juiz: Para onde?
R...: Para o Hospital Geral.
Juiz: A que horas o senhor chegou ao Hospital?
R...: Umas cinco horas.
Juiz: E seu irmão?
R...: Ele estava lá, eu falei com ele.
Juiz: Ele estava consciente?
R...: Estava, ele sentia frio, sentia dor. Eu falei com o

médico, ele disse que o meu irmão ia ser operado. A fratura foi feia.

Juiz: Ele corria risco de vida?

R...: O médico disse que não, que não era tão grave assim.

Juiz: Ele já havia recebido algum tipo de atendimento quando o senhor chegou ao hospital?

R...: A perna dele estava enfaixada, mas tinha sangue.

Juiz: E depois?

R...: Eu não vi mais o meu irmão vivo. Ninguém dava notícia de nada.

Juiz: Doutor promotor, alguma pergunta?

[*As perguntas são formuladas ao juiz, que, com gestos, autoriza as respostas.*]

Promotor: Sim. O irmão do depoente era um motociclista cuidadoso?

R...: Acho que era. Ele nunca caiu, só dessa vez.

Promotor: O réu indenizou a família?

R...: Ele deu dinheiro para minha cunhada para ajudar no enterro. Depois ele nunca mais apareceu. Só o advogado.

Promotor: Seu irmão era casado?

R...: Era.

Promotor: Ele tinha filhos?

R...: Uma pequena.

Promotor: Sem mais perguntas.

Juiz: Doutor defensor...

Advogado: Excelência, a que horas o irmão do depoente chegou ao Hospital Geral?

R...: De manhã, umas dez horas, pelo que me falaram.

Advogado: Quando o depoente chegou ao hospital, no fim da tarde, onde a vítima estava?

R...: No corredor do Pronto Socorro. Eu fiquei com ele meia hora e depois ele foi para a operação.

Advogado: O depoente sabe por que ele ainda não havia sido operado?

R...: O médico falou que meu irmão... que tinha muita gente no hospital, e que meu irmão estava esperando vaga.

Advogado: Quanto tempo demorou a operação?

R...: Eu não sei. Depois que eu saí, nós ficamos na porta do hospital até de manhã. Ninguém sabia dizer como ele estava. Nem se já tinha sido operado. Minha mãe e minha cunhada ficaram lá. Eu fui pro serviço e voltei na hora do almoço.

Advogado: Ele já tinha voltado da operação?

R...: Não. Só de noite eles avisaram que ele tinha morrido. Me mandaram para o IML para buscar o corpo. Ele estava sem a perna.

Advogado: Sem a perna? A perna da vítima foi amputada?

R...: É. Eu disse que queria enterrar ele inteiro. Aí me levaram para outra sala, em outro andar. Tinha uma geladeira com pernas e braços. Os sacos não tinham o nome de ninguém, eu reconheci a perna do meu irmão porque ele tinha uma pinta escura na canela.

Advogado: O depoente ou alguém da família foi avisado de que a perna do rapaz seria amputada?

R...: Não. Ninguém falou nada. O médico disse que depois da operação ele ficaria bem e que sairia logo do hospital.

Advogado: Alguém do hospital explicou o que aconteceu?

R...: Não. Só disseram que ele morreu na operação. Disseram que no IML eu saberia o que tinha acontecido, mas lá ninguém sabia de nada.

Advogado: O depoente sabe o nome do médico que o atendeu e que disse que seu irmão seria operado?

R...: Não.

Advogado: Sem mais perguntas, Excelência.

Juiz: Podemos encerrar? Nada mais foi dito nem perguntado...

FILHA

[*O juiz, visivelmente ansioso, dá ordens para que se esvazie a sala. Os três réus, os outros advogados, que esperam por suas audiências, todos são convidados a sair. A escrevente, de um lado para o outro, chama a atenção dos distraídos, dizendo, repetidamente, "segredo de justiça", "segredo de justiça". Fecha a porta. Na cadeira da testemunha, uma menina atrevida e de rara beleza, cabelos escuros e lisos, três delicados brincos de ouro na orelha direita, mordisca um dedinho da mão. A escrevente senta-se diante da velha e pesada máquina de escrever.*]

Juiz: Você pode ficar calma, minha filha. Ninguém vai incomodá-la. Os réus estão lá fora para que você fique à vontade.

Menina: Eu não estou nervosa. Minha mãe é que está.

Juiz: Isso é normal.

Menina: A minha mãe não é normal.

Juiz: Muito bem, muito bem... Qual a sua idade?

Menina: Dezoito anos.

Juiz: Conte o que aconteceu com você e com os réus na sua casa.

Menina: Eles são meus amigos e como meus pais viajaram para o sítio eles dormiram lá. Só isso. Não aconteceu nada de mais.

Juiz: Por que eles dormiram na sua casa?

Menina: Porque sim, pra gente ficar junto.

Juiz: Eles são acusados de furto. Sua mãe conta que quando chegou em casa encontrou o quarto dela revirado e faltavam dois mil dólares.

Menina: É loucura dela. O quarto estava revirado porque a gente brincou de teatro e usou umas roupas deles. Ela é que chegou antes da hora e ficou com raiva. Ninguém pegou dinheiro nem nada.

Juiz: E droga? Sua mãe diz que encontrou uma bituca de cigarro de maconha num cinzeiro.

Menina: A gente bebeu cerveja.

Juiz: E a maconha?

Menina: É...

Juiz: De quem era a maconha?

Menina: Era nossa. Nós compramos um pouquinho de fumo.

Juiz: Onde vocês compraram, quem comprou?

Menina: Era minha, eu comprei num barzinho da Vila.

Juiz: Você já tinha dezoito anos?

Menina: Não. Eu fiz aniversário semana passada.

Juiz: Sua mãe diz que os réus deram maconha para você experimentar e que desde então você está agressiva, revoltada.

Menina: É desequilíbrio dela. Ela quer é prender meus amigos.

Juiz: Ela quer o seu bem. Quantos cigarros vocês fumaram?

Menina: Um só, tinha só um pouquinho.

Juiz: Vocês evidentemente não ficaram o tempo todo juntos. Um dos réus não poderia ter furtado o dinheiro da sua mãe sem que você percebesse?

Menina: Não. Eles são honestos.

Juiz: Mesmo drogados?

Menina: Mesmo drogados, ora... O senhor não entende? Eles são pessoas normais, do bem...

Juiz: Sua mãe diz que você não é mais virgem. É verdade?

Menina: É, e daí?

Juiz: Olha, menina, você deve responder às perguntas, sem comentários, sem fazer caretas. Entendeu? Você está prestando um depoimento judicial. É coisa muito séria. Você perdeu a virgindade naquele fim de semana?

Advogado: Pela ordem, Excelência. Os réus não são acusados de delito sexual e...

Juiz: Um juiz deve ser minucioso, doutor. [*Voltando-se para a menina.*] Eu sei que são intimidades, mas eu devo conhecer todos os detalhes do caso. Sou obrigado a perguntar. Para te proteger, as portas estão fechadas. [*Agora, com ternura.*] Você era virgem?

Menina: Não. Minha primeira vez faz dois anos!

Juiz: Foi com algum dos réus?

Menina: Isso interessa?

Juiz: Se eu pergunto, interessa sim.

Menina: Não foi com nenhum deles, não!

Juiz: E com os réus, você já manteve relações?

Menina: Com um deles. Agora... Eu preciso dizer?

Juiz: Precisa.

Advogado: Excelência, eu...

Juiz: Eu já disse que não vou admitir interrupções, doutor. Depois o senhor terá oportunidade para reperguntas. O senhor se contenha, por favor. [*Para a menina.*] Está bem, você não precisa dizer. Eu permito. Nesse fim de semana houve sexo entre vocês? Sua mãe conta que a cama dela foi usada por vocês. O que aconteceu?

Menina: Minha mãe é louca.

Juiz: Responda a pergunta. Você é muito atrevida, sabia? Isso não é bom.

Menina: Ah..., eu transei na hora de dormir. Mas na minha cama, tá? A gente fica junto de vez em quando...

Juiz: Que tipo de relações vocês mantêm de vez em quando?

Menina: Sexual. [*Rindo.*]

Juiz: Eu sei, eu entendi. Quero saber se vocês também fazem sexo anal, coisas diferentes.

Menina: Mas por que essas perguntas? Nós não fizemos nada errado.

Juiz: Responda à pergunta, garota.

Menina: Não e não.

Juiz: Ele é seu namorado? É melhor dizer, é melhor para eles.

Menina: Não. A gente é só amigo.

Juiz: Isso é normal entre vocês, entre as pessoas da sua idade?

Menina: O quê?

Juiz: Ter relações sexuais com os amigos.

Menina: Ah, às vezes.

Juiz: Por que você é contra a sua mãe?

Menina: Por que o senhor é a favor da minha mãe?

Juiz: Você um dia vai entender que a sua mãe quer o seu bem.

Menina: Se ela quer o meu bem, por que ela quer prender meus amigos?

Juiz: Os réus de alguma maneira iludiram a senhora?

Menina: Como assim?

Juiz: Você foi estimulada a fumar maconha e beber para depois fazer sexo com eles?

Menina: Não, não tem nada a ver.

Juiz: [*Ditando para a escrevente.*] *Que a declarante é fi-*

lha da vítima. *Ponto*. Era menor na época dos fatos. *Ponto*. Nega o delito. *Ponto*. Diz que seus amigos, *vírgula*, os réus, *vírgula*, só dormiram na sua casa naquele fim de semana e que nada furtaram, *vírgula*, apenas se divertiram. *Ponto*. Reviraram o armário da genitora em busca de roupas para brincar de teatro. *Ponto*. Admite que fumou maconha, *vírgula*, adquirida pela declarante. *Ponto*. Era menor. *Ponto*. Diz que seus pais chegaram de uma hora para outra. *Ponto*. Não é virgem, *vírgula*, há (com agá) pelo menos dois anos, há pelo menos dois anos. *Ponto*. Diz que não foi iludida pelos réus. *Ponto*. Dada a palavra ao doutor promotor, *dois pontos*.

Promotor: Onde estavam os dólares desaparecidos?

Menina: Sei lá. Eu nunca vi esse dinheiro.

Juiz: [*Ditando.*] *Não viu o dinheiro furtado e nem sabe onde era guardado. Ponto.*

Promotor: Os réus vasculharam o armário da mãe da depoente?

Menina: Nós reviramos tudo procurando roupas para usar como fantasia, eu já disse. A gente ia arrumar tudo de novo, mas a minha mãe voltou antes da hora e fez um escândalo.

Promotor: Os pais da depoente sabiam que os réus iriam dormir em sua casa?

Menina: Não.

Promotor: Seus pais permitem que seus amigos durmam em sua casa?

Menina: Não. Eles são chatos.

Juiz: [*Ditando.*] *Os pais da declarante não sabiam que os réus iriam dormir em sua casa e não permitiriam isso. Ponto. Diz que seus pais são chatos. Ponto. Dada a palavra ao doutor defensor, dois pontos.*

Advogado: Se prestou depoimento na Polícia, na fase de inquérito?

Menina: Eu nunca fui chamada. Eu só soube da queixa da minha mãe depois que meus amigos foram chamados, mas aí eu não podia fazer mais nada.

Juiz: [*Ditando.*] *Não foi chamada para prestar depoimento na Polícia. Ponto.*

Advogado: Meritíssimo juiz, como e quando a depoente conheceu os réus?

Menina: Nós somos colegas de escola. Faz dois anos que nós somos amigos.

Juiz: [*Ditando.*] *Os réus são seus colegas de escola. Ponto. São amigos da declarante há dois anos. Ponto.*

Advogado: A depoente acredita que sua mãe está mentindo sobre o furto dos dólares para afastá-la de seus amigos?

Juiz: Indefiro a pergunta.

Advogado: Peço que o indeferimento fique consignado. Peço também que fique consignada a afirmação da declarante sobre a honestidade dos réus. Sem mais perguntas.

Juiz: [*Ditando.*] *Os réus são pessoas honestas, vírgula, mesmo drogados. Ponto. Foi indeferida pergunta formulada pela defesa. Dois pontos, abre aspas. Se a declarante acredita que sua mãe está mentindo sobre o furto dos dólares para afastá-la de seus amigos. Ponto de interrogação e fecha aspas. Que a pergunta foi indeferida por não dizer respeito a fatos e sim a uma eventual suposição da depoente, vírgula, sendo, vírgula, por isso, vírgula, irrelevante para a busca da verdade real. Ponto. Nada mais foi dito...*

TOCA-FITAS

[*A sala do delegado titular fica no segundo andar de um prédio-padrão da Secretaria de Segurança. Sobre a mesa, a foto dos filhos, uma placa giratória recomendando o tipo de aproximação mais adequado, "cuidado, chefe pensando", um calendário de uma metalúrgica do interior, onde trabalha o cunhado, e uma papelada sem fim. Telefone verde-claro, vasos de cerâmica com samambaias e gibóias, uma minigeladeira branca, um sofá, uma gaiola de metal com um canário-da-terra, um pôster do Alaska, a flâmula do time de futebol, a imagem da Nossa Senhora Aparecida e uma carcaça depenada de jet ski completam o ambiente. O investigador entra conduzindo o preso. Todos estão de pé.*]

INVESTIGADOR: Chefe, pegamo o malandro.
DELEGADO: Que malandro?
INVESTIGADOR: O do toca-fita.
DELEGADO: Puta que pariu, três dias pra pegar essa merda? O deputado aporrinhando a vida da gente... Filho da puta. Ó a cara do filho da puta. Que merda de boceta a da sua mãe, hein? Tu é muito burro mesmo, vai roubar logo o toca-fita da mulher do deputado. Filho da puta.

Preso: Num robei nada não, dotô.

Delegado: Fica quieto. Quem mandou você falar? Fica quieto, ô filha da puta, senão vai ter chinelada nos cornos. Onde vocês pegaram o cara?

Investigador: Na Avenida. A gente tava de butuca. O pessoal do posto falou que ele tá sempre no pedaço, agitando e tal. Sempre zoando por aí.

Delegado: Sei.

Investigador: Puxei o computador dele. Tem duas bronca já.

Delegado: Toca-fita?

Investigador: Não, um furto de residência e uma vadiagem.

Preso: Sô de menor, dotô.

Delegado: Que de menor, o caralho. Tanto carro por aí, cê me pega o toca-fita da filha da puta da mulher do deputado. Tu é um filho da puta mesmo. Tem que se foder mesmo.

Preso: Num peguei nada não, eu nunca tô por aqui. Só hoje.

Investigador: O pessoal do posto reconheceu ele, chefe. É o cara, não tem erro não.

Preso: É que, dotô, branco acha que preto é tudo igual.

Delegado: Cala a boca, ô filho da puta. Preto é tudo igual mesmo, é tudo uma merda. Você tá com o BO do deputado aí?

Investigador: Positivo.

Delegado: Vamo instaurar o inquérito. Quero ver o filho da puta falar agora que a gente é incompetente. Porra, como o cara encheu o saco, hein, hein? Rádio, jornal, todo mundo telefonando, puta que pariu. Uma puta duma cidade e a mulher do cara vem fazer compra logo aqui, na área. E aí, ô putão, o putão diz que não foi ele, é? É isso?

Preso: Eu juro, dotô, nunca peguei toca-fita nenhum.

Delegado: Olha, eu não tenho tempo pra encheção de saco, não. Tá?

Preso: Eu juro, sô trabalhador.

Delegado: Onde você trabalha?

Preso: Sô guardador de carro.

Delegado: Vá se foder... Então, você vai tirar umas férias.

Preso: Não faz isso não, dotô.

Delegado: Cala a boca, ô filho da puta. Vamo resolver logo isso. Chama um escrivão, chama o P..., põe lá que ele vendeu o toca-fita. Se o viado não assinar, dá uma voltinha com ele que ele assina. Eu garanto. Me avisa, que eu tenho que ligar pro filha da puta do deputado. Quero ver agora o que ele vai falar, o filho da puta.

Investigador: Positivo, chefe.

QUÍMICA

[*No fórum, pessoas presas têm preferência. Sem contestação, os seguranças assumem o poder nos corredores e abrem alas para a passagem. É sempre um momento tenso, ou de curiosidade pelo menos. O que é que ele fez? É perigoso? O réu é escoltado por dois policiais. Tênis sem cadarço, para não se suicidar, calça de brim e camiseta encardida. Além da barbicha no queixo, aparentemente usual, a barba toda por fazer. É alto e magro, cabelo crespo. Parece um hippie debilitado. A única sensação de conforto físico que lhe é dada é a troca das algemas: durante todo o percurso, os braços estiveram presos para trás; agora, para frente. Caso contrário, ele não seria capaz de assinar os papéis. Senta-se diante do juiz. Trêmulo.*]

Juiz: O senhor conhece a acusação, não conhece? Consta que o senhor foi preso na posse de dezessete micropontos de uma droga mais poderosa que o LSD. Uma parte estava acondicionada em envelopes com o apelido de terceiras pessoas, a quem você iria fornecer. Duas substâncias presentes na mistura fazem parte da lista da Agência de Psicotrópicos e provocam dependência física e psíquica. A dose provoca alucinação durante horas, além de efeitos colaterais, que debilitam a saúde. Consta que o senhor, estudante de Química, desenvolveu uma receita para a droga, utilizando-se do sofisticado laboratório das Faculdades Públicas. Consta que o seu objetivo era organizar um foco de indústria e de comércio da droga. O senhor é acusado de fabricar os ácidos, de acondicioná-los individualmente, como pingos, com a intenção de fornecê-los para terceiras pessoas, de difundir o uso de droga entre jovens. São três crimes. A pena prevista para cada um deles é de três a quinze anos de reclusão. O senhor recebeu uma cópia e leu a denúncia do promotor?

Réu: Li, sim, ontem.

Juiz: O senhor não precisa ficar nervoso. O senhor não é obrigado a responder minhas perguntas, mas fica advertido de que o seu silêncio pode ser interpretado em prejuízo de sua defesa. A acusação é verdadeira?

Réu: Não é, não, senhor. Eu nunca vendi e nunca pensei em vender o ácido. Eu fiz para mim, para meu uso, pra mim...

Juiz: E os envelopes que a Polícia encontrou, não eram para outras pessoas?

Réu: São meus amigos, eles queriam experimentar. Eu não estimulei ninguém a usar nada, sabe? Eu...

Juiz: Quem são eles?

Réu: Eu não quero dizer não, senhor. Eles são meus amigos. Eu não sou delator. Eu, eu fui torturado na Polícia, para dizer o nome deles.

Juiz: Seu advogado já comunicou o incidente a esse juízo. Eu soube que você já se submeteu a exame de corpo de delito. Isso será devidamente investigado. Você pode estar certo disso. Você já foi preso ou processado antes?

Réu: Não.

Juiz: Você estuda na Faculdade de Química, não é verdade?

Réu: Sim senhor, eu estava no último semestre.
Juiz: O senhor usa drogas desde quando?
Réu: Com dezessete, no colégio. Eu sou dependente, senhor. Eu não me sinto bem na cadeia. Eu sinto falta de ar. Eu preciso sair de lá. O...
Juiz: O senhor quer um copo d'água?
Réu: Quero.

[*O juiz faz um sinal para a escrevente, que providencia a água. Exibindo fragilidade, o réu toma do copo com as duas mãos e sorve de uma só vez o seu conteúdo. Agradece com o olhar e deposita o copo na mesa.*]

Juiz: Que drogas você costuma usar?
Réu: Ácido, maconha, de vez em quando optalidon. Cocaína também, mas pouco, muito pouco.
Juiz: Como é essa história de desenvolver uma droga nova em laboratório?
Réu: Eu sempre estudei química e sempre fiz experiências. Era ótimo aluno. Fui pesquisando, lendo e cheguei a uma fórmula, de brincadeira. Eu mesmo experimentei e deu resultado. Comecei a fazer outras experiências, alterando detalhes da fórmula e experimentando eu mesmo. Era um segredo meu, uma aventura científica secreta, mas os meus amigos descobriram e pediram para experimentar. Eles exigiram de mim isso, entende? Eu não tinha como negar. Eu nunca vendi nada. O senhor pode ver a minha conta bancária, minha casa é..., eu sou de família do interior, humilde. Eu usei tudo sozinho para aperfeiçoar o ácido, para mim e por curiosidade. Eu ia usar mais uma vez com os amigos, a gente ia para o sítio.
Juiz: Eles também são estudantes de Química?
Réu: Não.

Juiz: Como você foi preso?

Réu: Uma batida da Guarda. A gente ia viajar, eu ia encontrar os amigos na rodoviária. Os envelopes estavam na minha bolsa e era um presente para eles. Os soldados desconfiaram, eu não soube explicar o que era aquilo e eles me levaram para a delegacia. Os peritos descobriram que era um alucinógeno. Aí eles invadiram minha casa, reviraram tudo, pegaram outros ácidos, cadernos, frascos... Pegaram tudo. Aí eles chamaram a Televisão. Eles queriam saber para quem eu trabalhava e o nome dos meus amigos. Eu apanhei muito.

Juiz: Você parece arrependido.

Réu: Muito. Eu perdi a minha profissão antes de me formar, senhor. O pai e a mãe estão envergonhados, doentes. Eu estou preso...

Juiz: Você sabe que a prova e os indícios contra você são muito sólidos e que você terá de provar aquilo que alegar em sua defesa. Você tem consciência de que o caso é muito grave?

Réu: Meu advogado me disse. Eu tenho muito medo...

Juiz: Quanto anos você tem?

Réu: Vinte e três.

Juiz: Como é essa fórmula, como se fabrica essa droga?

Réu: Eu acho que não devo contar para ninguém, nem para o senhor. Eu acho que estaria facilitando a difusão da droga se contasse. Eu não confio no sigilo desse processo. Eu estou nos jornais todos os dias, não estou?

Juiz: OK. É fácil de chegar até ela? Outros estudantes poderiam conseguir?

Réu: É difícil. Com a fórmula, não, é fácil. Chegar até a fórmula é que é muito difícil. Tem de ter muita paciência e acesso a livros raros, produtos proibidos. Eu consegui as substâncias com receitas do laboratório da Faculdade.

Juiz: Você já pode receitar?
Réu: Para pesquisa, sim.
Juiz: Nunca perceberam nada?
Réu: Eu usava quantidades insignificantes de cada substância e sempre fiz muita pesquisa. Era normal eu estar no laboratório.
Juiz: Você disse que é dependente. Você sabe as conseqüências disso? Você pode ser levado para o Centro de Internação. Como o senhor se sente?
Réu: Eu quase não durmo, senhor. Sinto falta de ar, angústia, calafrio. Meus braços formigam. Eu preciso de ajuda. Eu juro. É muito importante eu sair da cadeia, entende? Eu aprendi a lição... O senhor vai me soltar?
Juiz: As coisas não são tão simples assim. A lei é muito severa para esse tipo de caso. Eu indeferi seu pedido de liberdade provisória porque os requisitos legais da prisão preventiva estão presentes. Por enquanto, o senhor continuará preso.
Réu: Eu preciso sair de lá, eu sou muito diferente deles. Eu estou arrependido, é verdade! Lá, eu não consigo ficar nem um minuto sozinho. Por favor...
Juiz: O senhor quer fazer o exame de dependência?
Réu: Quero. Na cadeia eu não tenho nada...
Juiz: Está bem, eu vou examinar o pedido com muita atenção se o seu advogado peticionar. Mas o senhor deve conversar mais com ele sobre isso. É uma decisão muito importante. O senhor conhece as testemunhas da acusação? Pode ler, aqui...

[*Estica o braço e mostra a página para o réu.*]

Réu: Só o F...
Juiz: Tem alguma coisa contra ele?

Réu: Ele judiou muito de mim, ele me bateu.

Juiz: Sei. Vamos lá: [*Para a escrevente, ditando.*] *Que o réu admite em parte a acusação. Que foi preso pela Guarda quando...*

INJÚRIA

[*Depois de esperar duas horas, o réu vai para a sala de audiências. Seu nome estrangeiro, eslavo, é chamado em voz alta, com um acentuado erro de pronúncia. No caminho, em virtude do paletó, da gravata, do penteado, do perfume — quem sabe? —, alguém murmura: "É colarinho branco". Dois advogados esparramados pelo sofá revestido de plástico verde-musgo, lendo processos, fazem caras e bocas. A mesa está lotada. O desafeto, sentado bem ali. Seus olhares não se cruzam nem por um instante. O juiz fala ao telefone com o gerente do banco. Diz que vai receber verbas atrasadas e pergunta se o fundo de* commodities *está mesmo melhor que a poupança. Desliga, folheia os autos, o que faz com uma habilidade toda própria, e sussurra para a escrevente, diante do monitor: "É aquela queixa-crime". O juiz se fixa no réu.*]

Juiz: O senhor é acusado de ofender a dignidade e a honra de J... O senhor é acusado de injúria. Pela Lei de Imprensa, eu não sei se o senhor sabe, o interrogatório é voluntário. Se o senhor desejar, o ato não se realiza, sem explicações, e isso não poderá prejudicá-lo. A decisão é sua.

Réu: Faço questão de ser interrogado, doutor. Eu não tenho nada a esconder. Eu sou inocente.

Juiz: O senhor foi intimado e não apresentou defesa prévia. Por quê? Eu tive que nomear um advogado para o senhor. O senhor pode pagar um advogado, não pode? Só agora o senhor aparece? Por quê?

Réu: É. Eu não sabia exatamente o que fazer. Mas o problema está superado, não está?

Juiz: Está. Vou ler para o senhor a carta considerada ofensiva pelo querelante e publicada em outubro, no *Jornal da Cidade*, como matéria paga.

Réu: Eu a conheço.

Juiz: É uma formalidade necessária, professor: *"Carta aberta a J... Você é um miserável, um infame, um canalha de marca maior, um vilão, um traste, uma vasilha muito ordinária, um pedante com fumaça de filósofo, um miserável (outra vez), um chichisbéu da literatura, uma alma de lacaio, um pulha, um belchior da jurisprudência, um caiapó da crítica e, sobretudo, muito canalha e muito infame; mas muito mesmo. É o juízo que faço a seu respeito e o que lhe digo muito à puridade, ó cão lazarento! Está respondido!"*. — O senhor escreveu e pagou a publicação desta carta no *Jornal da Cidade*?

Réu: Sim. Na verdade, eu devo explicar, eu não sou o autor do texto. Os antigos eram mais elegantes nas catilinárias. Eu apenas reproduzi uma xingação de José do Patrocínio a Sílvio Romero, da época do Império, e que considero um pequeno bombom da língua portuguesa.

Juiz: O senhor reproduziu, é... Como assim? [*Examinando o processo.*] Mas na matéria paga o senhor aparece como sendo o autor e a vítima como sendo o destinatário... O senhor está querendo fugir de suas responsabilidades?

Réu: Não, não é isso. Eu sou o único responsável. Aliás, José do Patrocínio já morreu, não poderia responder por mais nada. Mais do que reproduzir, eu dei vida ao texto, dinâmica própria, força dramática. Identificar o autor, no caso, serviria apenas para despertar curiosidades, e mantê-lo morto. Eu estudo isso há anos. Trazer uma frase antiga de volta à vida real é um tipo especial de citação, uma maneira de reverenciar o talento de um escritor. Depois, para os meus propósitos, seria ridículo publicá-la como matéria paga e assiná-la "José do Patrocínio"... Mesmo que o xingamento chegasse ao destinatário — nunca falta quem os leve — eu seria chamado de covarde. Eu sou um desafeto da "vítima"; é assim que na Justiça o chamam, não é? Vítima... Eu simplesmente perdi a paciência.

Juiz: Por que os senhores se desentenderam?

Réu: Por motivos menores, doutor. Antipatias gratuitas nos primeiros encontros, temperamentos diferentes, concorrência na Universidade. Anos atrás, brigamos por causa de um aluno que, na minha opinião, era perseguido por um professor. Ele se opôs, na Congregação. Foi irônico, sórdido, fez insinuações terríveis, obscenas, sobre a nossa amizade. Desde então, trocamos farpas. Foi ele quem escolheu as armas. Por isso eu estranho o processo. Eu esperava uma resposta, não um chilique.

Juiz: O senhor não acha grave levar o desentendimento para as páginas dos jornais?

Réu: Ele escolheu a arma, eu empunhei uma igual. No começo ele me ridicularizava nas aulas. Depois, passei a ser sistematicamente atacado em sua coluna. O ataque é sutil, mortal, injusto. É percebido pelas pessoas próximas, na Universidade, na família. Eu não tenho coluna. A imprensa não é um espaço legítimo só para ele. Ora, ele me ataca, diz que sou um babaca, que a minha obra não tem dinâmica própria, que é incapaz de emocionar ou de refletir um pensamento original, que não passa de uma colagem insípida de outros escritos. Talvez a "vítima" agora queira rever esse ponto... Creio que desta vez ele se emocionou com a minha citação. Mas essas questões eu deixo a cargo dos advogados. Minha intenção não foi ofendê-lo, e sim obrigá-lo a me enfrentar publicamente, para que eu pudesse mostrar a fragilidade do seu raciocínio.

Juiz: São expressões duras.

Réu: Olha, meritíssimo, eu fiz às claras aquilo que ele faz sorrateiramente. E, convenhamos, são expressões fora de moda, que não se comparam em ofensividade às expressões que encontramos por aí, no trânsito, na televisão, no Parlamento. Não há nesse xingamento um palavrão sequer... Até a sua mãe foi poupada...

Juiz: O jornal criou algum obstáculo, aceitou o texto sem examinar o conteúdo? Como foi?

Réu: Pediram apenas um termo de responsabilidade mais circunstanciado. Agiram corretamente. Não poderiam me censurar.

Juiz: Vejamos se compreendi bem. O senhor considera legítimo ofender um desafeto seu, usando o ardil de reproduzir um escrito antigo, dirigido contra outra pessoa, para dissimular. É isso?

Réu: Veja bem, doutor. Em outras palavras, a "vítima" dizia que isso era impossível. Eu provei que ele estava errado. Eu lanço um desafio literário e ele aparece com um processo? *Data venia*, é um banana. Devo dizer ao senhor que a "carta aberta" não reflete o juízo que faço da "vítima", não. Mas o senhor não me peça, por favor, para revelar o que penso verdadeiramente da "vítima"... Poderíamos ter outro processo. Eu não me sinto feliz por isso tudo, mas me sinto aliviado, com amor-próprio. E estamos quites: ao tratar da minha pessoa, ele nunca economiza adjetivos, não é mesmo?

Juiz: [*Dirigindo-se a todos.*] Os senhores têm noção de que estão movimentando a máquina judiciária para "dar vida" a firulas literárias? Juiz, promotor, advogados, funcionários, todos aqui, muito papel, tempo e dinheiro, por causa de sutilezas de dois ilustres professores? Eu não tenho tempo para isso! Eu faço dez audiências por dia. Eu lido com o crime, com a violência. É um direito de vocês, eu não nego. Mas acho uma perda de tempo revoltante. O que posso dizer aos senhores, que são tão cultos, é que se esse processo for adiante, eu vou conduzi-lo a ferro e fogo e não hesitarei em escarafunchar a vida dos dois, réu e vítima, na Universidade, onde for. Se isso for necessário. A briga é privada, mas o processo é público! Eu abro uma exceção e peço aos senhores, advogados e partes, que conversem e, quem sabe, não chegaremos a um acordo? Os senhores têm meia hora. Podem usar o final do corredor, à direita. Eu peço empenho. Se não for possível o acordo, tudo bem, eu transcrevo o interrogatório do querelado e marco a próxima audiência para daqui a quinze dias. [*Para a escrevente.*] Enquanto isso, Darci, vê se os presos chegaram.

LICENÇA

[*Um a um, os presos são interrogados. Ganham um defensor e saem da sala sem saber quem é. Um negro, de cabelo comprido e desgrenhado, descreve onde vive uma certa testemunha sem endereço. Embaixo do viaduto da Via Leste, na direção do Ponto 9... Cita nomes, apelidos, pessoas, cores, tamanhos, deficiências, hábitos, tudo que pode ser útil para a localização de alguém em um mundo não abrangido pelos guias e pelas agendas. Fala sem parar e, quase-malandro, intercala o discurso com frases como "sô nocente, dotô". Sustenta que no dia e na hora do crime estava na companhia de uma moça e de dois amigos no Parque Grande. Conta que apanhou da Polícia. De repente, de sopetão, sem se levantar, o juiz se dirige a um homem de quarenta anos, barba aparada e grisalha, que, sentado ao lado da porta, com um bloquinho na mão, alterna anotações frenéticas com momentos de intensa atenção a tudo o que é dito.*]

Juiz: Quem é o senhor? O senhor, o que deseja?
Homem: Haã...!
Juiz: O que o senhor anota aí? Deixa eu ver. O senhor é jornalista, é? O senhor não sabe que deve pedir licença? O que é que o senhor pensa que é isso aqui?

Homem: Não, doutor. Não é isso.
Juiz: O que é então?
Homem: Eu sou escritor.
Juiz: Nem advogado o senhor é?
Homem: Não, eu sou escritor e estou fazendo um trabalho de pesquisa de linguagem... Desculpa, eu conversei com um amigo advogado e ele disse que não era necessário pedir licença, que o processo é público, que as portas das audiências ficam abertas, que eu deveria vestir paletó e gravata e ser discreto, só isso, para não atrapalhar os trabalhos.
Juiz: Pois atrapalhou. Veja só... Tive de interromper a audiência.
Homem: Mas eu não fiz nada, eu estou quieto.
Juiz: Olha aqui, isso aqui não é lugar de pesquisa. É lugar de respeito. Se alguma coisa que o senhor ouviu aqui, o meu nome ou o nome de qualquer pessoa presente, a vara, se alguma coisa sair no jornal ou em qualquer lugar, o senhor vai se ver mal, muito mal.
Homem: Eu já disse, eu sou escritor, não sou jornalista.
Juiz: É a mesma coisa.
Homem: Não é a mesma coisa, não. Olha, doutor, eu não estou aqui para contar a história criminal das pessoas, mas para ver como elas se exprimem diante do juiz, no processo. Verificar o fluxo de entendimento dos diálogos, compreende? Meu objetivo é literário. Vossa Excelência não precisa se comportar com agressividade.
Juiz: Eu posso prendê-lo por desacato. O senhor está vendo... O senhor desrespeita a autoridade, ocultando-se, reagindo.
Homem: Eu não me ocultei e...
Juiz: Isso, o senhor terá que provar. É a primeira vez que o senhor faz isso?
Homem: É a primeira vez que venho aqui. Posso asse-

gurar, é a última. Há dois meses eu freqüento diversos fóruns da cidade. Nunca houve problemas.

Juiz: Os juízes deixam?

Homem: Na verdade, não podem proibir. Só em caso de sigilo. Não é assim? Alguns são muito simpáticos; alguns, como o senhor, se incomodam, mas é a primeira vez que sou interpelado de maneira tão rude.

Juiz: Vamos fazer uma coisa. O senhor vai embora daqui, nunca mais volta, esquece isso e eu esqueço o que o senhor fez. Quem sabe, assim, eu não estou colaborando para o sucesso da sua obra... Por favor, vá, agora nós precisamos continuar o trabalho.

[*O homem se levanta.*]

Homem: Até logo, Excelência, eu estou indignado, mas vou embora.

Juiz: Boa tarde.

CAVEIRINHA

[*São catorze salas, catorze juízes, lado a lado, unidas por um longo corredor. As portas permanecem fechadas, para que o trança-trança não atrapalhe. As audiências são marcadas com intervalo de cinco minutos entre uma e outra. Há pressa, não há pontualidade. Os intimados aguardam a chamada num saguão apertado, onde uma sucessão de fileiras de bancos de madeira se organiza em um pequeno auditório. Carta precatória é um procedimento: o juiz faz a inquirição de alguém e remete o texto para o juiz de outro lugar. O juiz daqui não conhece o caso e, provavelmente, nunca mais vai ouvir falar no processo.*]

Juiz: Qual o seu nome?
G...: G...
Juiz: Dizem os autos do inquérito policial que o senhor, R... e T... deram causa à morte de L..., provocando, por negligência, um acidente de trabalho na Indústria de Farinha. Diz a Justiça Pública que a vítima não recebeu treinamento para trabalhar na máquina, tendo sido sugado pelos exaustores no terceiro dia de trabalho. A morte da vítima foi imediata, o corpo foi dilacerado. O senhor e R... são acusados

de omissão. Nada fizeram para evitar o acidente, apesar de previsível. T... é acusado de contratar a vítima, sem treinamento, para a realização de um trabalho perigoso. O que o senhor tem a dizer sobre a denúncia? O senhor conheceu a vítima?

G...: Não. Eu sou um dos proprietários da indústria e trabalho aqui, na cidade. Eu me dedico à área financeira. A indústria fica a cem quilômetros. Há uma gerência industrial, chefiada por um administrador habilitado e bastante experiente no ramo, que cuida justamente de toda essa parte técnica. Nós sempre seguimos as regras de prevenção do Ministério dos Acidentes. Não houve negligência.

Juiz: O senhor presenciou os fatos?

G...: Não.

Juiz: O que o senhor sabe do acidente?

G...: Eu fui informado pelo meu gerente, uma hora depois, por telefone.

Juiz: O que ele disse?

G...: Disse que a vítima havia sido imprudente, que tinha ingressado na área de ventilação da máquina, que é cercada por tapumes. Disse que o rapaz foi socorrido imediatamente, mas morreu a caminho do hospital, que já avisara a família e que estava providenciando o enterro. Ele não tinha autorização para entrar ali, não tinha nada para fazer ali. Ali só entram mecânicos. Há uma placa, na parede, avisando do perigo. A placa tem uma caveirinha vermelha desenhada.

Juiz: Ele recebeu treinamento?

G...: Sim. A máquina não é perigosa. O operário não mantém contato com nenhuma engrenagem capaz de ferir. É fácil de ser operada. Ela só é barulhenta e os operários usam um protetor de ouvido. O trabalhador recebeu instruções, foi advertido para não entrar naquele recinto.

Juiz: Se o senhor é inocente, por que então o senhor acha que foi denunciado?

G...: Eu não sei. Talvez preconceito. Meu advogado diz que é preconceito. Mas eu não sou um empresário poderoso, minha empresa é pequena.

Juiz: [*Ditando.*] *Que não presenciou os fatos descritos na denúncia e nega a acusação. Que alega ser inocente, vítima de preconceito contra o empresariado. Que o interrogando trabalha na cidade e cuida da parte financeira da firma. Que a indústria tem um gerente técnico, que é responsável. Que recebeu um telefonema do gerente e soube do acidente. Que a culpa foi da vítima e que havia uma placa vermelha com o desenho de uma caveira no local, indicando perigo, e que mesmo assim ele foi irresponsável e desobedeceu.* [*Para o réu.*] Quanto tempo durou o treinamento?

G...: Não há um treinamento específico, porque eles não lidam com a parte mecânica da máquina, o senhor entende? Ele simplesmente jogava espigas de milho e mandioca no funil da máquina. Sem risco.

Juiz: Mas quanto tempo durou o treinamento?

G...: É imediato. Não há necessidade de cursos ou de aprendizados mais complexos.

Juiz: Ele teve aulas?

G...: Não, aulas não. Não precisava...

Juiz: Ele já trabalhou na máquina no primeiro dia?

G...: Sim, como todos os outros. Os novos empregados observam os companheiros antigos, começam ajudando, e começam a trabalhar. Não há perigo. Nunca houve um acidente.

Juiz: Alguém tentou detê-lo?

G...: Não, ninguém; olha, ninguém viu ele entrar naquela sala.

Juiz: [*Ditando.*] *Que o aprendizado da vítima foi imedia-*

to, sem preleções. *Que os trabalhadores da indústria trabalham nas máquinas, já no primeiro dia de emprego, fáceis de ser operadas. Que os operários observam como os outros fazem e começam logo a trabalhar. Que a vítima só jogava milho e mandioca no funil e não corria riscos. Que a máquina é barulhenta e os operários usam fones de ouvido. Que a vítima não deveria estar naquele local e que ninguém o impediu.* [*Para o réu.*] A vítima foi socorrida?

G...: Sim, ele foi levado para o hospital, mas já estava morto.

Juiz: Conhece os outros réus?

G...: Sim. R... é meu sócio, cuida da parte comercial, e T... é o gerente da indústria.

Juiz: Conhece as testemunhas do promotor?

G...: Não.

Juiz: [*Ditando.*] *Que a vítima morreu a caminho do hospital. Que conhece os co-réus, sendo R... o seu sócio e T... o gerente. Que nada tem para alegar contra as testemunhas. Que sai ciente do prazo de três dias para defesa prévia e de que não pode mudar de endereço sem comunicar ao juízo deprecante, saindo também ciente da data da audiência. Nada mais...*

[*O juiz é surpreendido pela intervenção.*]

Advogado: Excelência, eu sei que o advogado não pode interferir no interrogatório, nem é essa a minha intenção, mas eu gostaria, pela ordem, que alguns esclarecimentos do réu ficassem consignados no termo.

Juiz: O senhor não pode interferir mesmo. Mas faltou alguma coisa? O quê? O réu não reclamou de nada.

Advogado: É papel do advogado reclamar... O réu informou a Vossa Excelência que recebeu a notícia do acidente por um telefonema de seu gerente industrial. No termo ficou constando que o réu "soube do acidente". Eu peço...

Juiz: Olha, eu não vejo nenhum erro no meu termo. Ele não presenciou o acidente. Não é? Ele ouviu falar do acidente, ele soube por telefone. Está certo? Qual o problema?

Advogado: Excelência, tal como está no termo, o réu aparenta uma certa indiferença em relação aos fatos. Mas ele foi informado imediatamente, cobrou providências... Ele não ouviu dizer, ele foi informado, percebe? Tal como está escrito, parece que o réu reagiu com indiferença à notícia da tragédia. Não é o senhor quem julgará a causa. O juiz do caso pode fazer uma interpretação desfavorável do interrogatório. Correto?

Juiz: Está bem. [*Ditando.*] *Dada a palavra ao defensor, foi dito que ficasse consignado que o réu informou a esse juízo que soube do acidente, por um telefonema do co-réu T..., que já havia tomado todas as providências.* — Está bem assim, doutor?

Advogado: Obrigado, Excelência. É um detalhe, mas o réu informou que os operários usam "protetores de ouvido". No termo ficou constando que eles usam "fones de ouvido". São coisas diferentes...

Juiz: Olha, doutor, eu me lembro muito bem, ele falou "fone de ouvido". Não posso admitir que o senhor conduza o interrogatório. O que o senhor disse?

G...: Eu disse que os operários usam "protetores de ouvido", é um equipamento exigido pela legislação.

Juiz: É "protetor", é? O senhor falou "fone de ouvido". Eu me lembro.

G...: Não, eu disse "protetor". Tenho certeza.

Juiz: [*Ditando.*] *Que a vítima usava protetor de ouvido e não fone de ouvido, como constou acima.*

Advogado: Excelência, eu gostaria ainda que ficasse esclarecido que ninguém, na indústria, percebeu que a vítima entrou no recinto proibido antes do acidente.

Juiz: Ah, ele não falou isso.

Advogado: Excelência, quando o acusado respondeu a pergunta do senhor, informando que ninguém deteve a vítima, ele disse que ninguém na fábrica viu a vítima entrar no local. Assim, ninguém poderia detê-la. Não é? O termo está incompleto.

Juiz: Ele não disse isso, doutor. O senhor sabe que eu fui gentil. Eu permiti sua atuação. O senhor sabe, a lei não permite interferências da defesa e da acusação no interrogatório, mas o senhor vem e abusa. Assim, não dá. O senhor não pode induzir as palavras do interrogado.

Advogado: Eu não induzi o réu a nada, Excelência. Eu não admito... Olha, eu agradeço a sua tolerância, eu... Eu gostaria de lembrar que o interrogatório é um ato de defesa do réu, que a palavra do réu não pode ser censurada e que tudo deve ser transcrito da maneira mais fiel possível. Eu sugiro que o senhor pergunte ao réu sobre o que ele disse realmente e se Vossa Excelência desejar, pode também consignar minha interferência.

Juiz: O senhor não disse isso, disse?

G...: Disse sim. Ninguém da indústria viu quando ele entrou no local do acidente.

Juiz: [*Ditando.*] *Que após interferência do advogado de defesa, o réu informou que havia dito que ninguém na empresa viu a vítima entrar na sala onde veio a falecer, referência esta não ouvida antes por este juízo.* [*Para a escrevente.*] Chega, vamos encerrar este termo...

CIGARRO

[*O Tribunal do Júri é solene. O da capital, particularmente, atrai a atenção das pessoas, inclusive dos turistas, pela imponência clássica da construção, do início do século XX, e pela decoração rebuscada. É uma nave formada por dois amplos salões, divididos por uma delicada cancela. A cúpula atinge catorze metros de altura. As cortinas e o carpete são vermelhos. As paredes, forradas de um papel que parece seda. Bustos de Voltaire, Beccaria e juristas locais, espalhados por toda volta, dão ao ambiente uma aparência de sabedoria, tradição. A madeira de lei está em cada detalhe: no auditório, no palco, nas paredes, no teto, nos móveis. Uma imensa cruz de carvalho e um Jesus morto de bronze pendem atrás da mesa do juiz, de frente para o público, na extremidade circular da sala. À sua direita, num plano mais baixo, o promotor e, mais à direita ainda, a advogada; à esquerda, uma estenógrafa, a mesa de datilografar e a bancada dos jurados. São sete cadeiras, ocupadas por um metalúrgico, um bancário, uma jornalista, dois funcionários públicos, uma professora primária e um comerciante. Um oriental, dois negros e quatro brancos. O réu, algemado e indiferente, fica diante da defensora, olhando para o nada, entre dois policiais militares. Um homem entra na sala e fica de costas para a assistência.*]

Juiz: Doutor V..., o senhor foi arrolado como testemunha e está sob juramento de dizer a verdade. O falso testemunho é punido com pena de dois a seis anos de reclusão e multa. O senhor já prestou depoimento neste caso?

Psiquiatra: Não. Eu sou médico psiquiatra e elaborei um laudo a pedido da família do acusado.

Juiz: Vejamos... Seu parecer está aqui, página 743. O senhor o reconhece?

[*O psiquiatra se levanta e confere o documento.*]

Psiquiatra: Sim, é o meu parecer.

Juiz: O senhor sustenta que o réu, durante a prática do delito, era inteiramente incapaz de compreender o caráter criminoso do seu ato. O seu parecer contraria o laudo oficial, firmado por dois peritos da Unidade Criminológica. Para eles, o réu era parcialmente capaz de compreender o que fez.

Psiquiatra: Sim.

Juiz: O senhor examinou o réu? Com base em quê o senhor chega a essa conclusão divergente?

Psiquiatra: Eu mantive três entrevistas com o paciente, na clínica em que hoje ele está internado. Eu apliquei testes, eu o observei durante horas. Estudei o processo, os depoimentos, o laudo oficial, e entrevistei sua advogada, seus pais, um amigo de infância e os médicos atuais, e os dois médicos que o atenderam anteriormente. A anamnese é muito rica. Eu me sinto seguro.

Juiz: Na sua opinião, o que aconteceu?

Psiquiatra: Olha, doutor, um médico psiquiatra não pode afirmar o que de fato aconteceu. Nós podemos trabalhar com hipóteses. A hipótese dos autos não é questionada por ninguém. O paciente tem um quadro de doença mental, diagnosticado anteriormente. Em relação a isso não há dúvida, em relação ao fato propriamente dito, também. As divergências aparecem quando se analisa o seu grau de consciência, no momento da conduta, e a sua periculosidade.

Juiz: O senhor tem experiência nesse tipo de avaliação?

Psiquiatra: Eu creio que sim. Sou formado há 23 anos. Fui residente no Centro de Internações. Fiz doutorado na França. Minha tese é sobre esquizofrenia, eu estudei mais de trinta casos. Leciono nas Faculdades Públicas. Sou psiquiatra contratado, por concurso, pelo Hospital Central, onde atendo todas as manhãs. Tenho uma clínica particular. Enfim, eu me considero preparado.

Juiz: [*Para os jurados.*] Eu, como juiz, não posso influenciar a decisão dos senhores, revelando, de alguma maneira, a minha concepção pessoal a respeito do caso. Prefiro passar a palavra à defesa e depois para a acusação. [*Agora, para o psiquiatra.*] Eventualmente voltarei a inquiri-lo, ao longo dos trabalhos, se houver necessidade. Com a palavra, a defesa, que arrolou a testemunha. Peço aos senhores que evitem conduzir o pensamento da testemunha. Eu permito que as perguntas sejam formuladas diretamente.

[*A advogada se levanta. Sua voz é grossa e rouca, como a das atrizes.*]

Advogada: Obrigada, Excelência, não poderia deixar de ressaltar, desde logo, a maneira tranqüila e imparcial com que Vossa Excelência preside os trabalhos de hoje. Assim, tenho certeza, estaremos muito mais próximos da realização de um julgamento justo. A atuação de Vossa Excelência enobrece o Poder Judiciário.

Juiz: Obrigado, doutora. Vossa Excelência é muito gentil.

Advogada: Doutor V..., o senhor conhece a acusação contra o réu, mas, de qualquer maneira, é importante recapitular a ordem dos fatos, para que o senhor possa se pronunciar diante dos jurados. O réu é acusado de agredir o vigilante noturno do sanitário masculino do Shopping Center da Avenida do Contorno, e de provocar sua morte por esganadura. Segundo a acusação, é um homicídio triplamente qualificado, pela surpresa do ataque, pela crueldade da execução e pelo motivo fútil. O réu sentia-se acuado pela proibição de fumar, e, fora de si, teve uma reação incontrolável. É esse o quadro que foi submetido ao senhor?

Psiquiatra: Exatamente.

Advogada: Em primeiro lugar, a defesa solicita que o senhor explique por que, no seu entendimento, a reação à proibição de fumar não é um ato que possa ser qualificado de fútil.

Psiquiatra: Não é bem assim. Essa reação pode ser fútil ou não. No caso de S..., ela não pode ser chamada de fútil porque é, na verdade, apenas o aspecto visível de uma doença muito profunda. O acusado é esquizofrênico. O esquizofrênico perde contato com a realidade. O esquizofrênico, como se diz no meu meio, sonha apenas os seus desejos: o que pode impedir a realização desses desejos não existe para ele. O paciente tinha naquela época duas compulsões básicas: fumar e vagar pelo shopping center, o que fazia diariamente, durante horas, sem um destino determinado. Era esse o seu ambiente... Como sabemos, há uma escalada antitabagista no país e o prefeito proibiu o fumo em locais fechados. O paciente era, assim, reprimido permanentemente: toda possibilidade de transgressão, no caso, fumar, era interrompida pela ação de vigilantes. Nos elevadores, nos cinemas, nas lanchonetes, nos banheiros, nos corredores, nas lojas. Na sua casa, ele próprio se reprimia, com a desculpa de não gostar do cheiro do cigarro apagado no dia seguinte. Vagava, não por um parque, mas pelo shopping. Naquele dia, depois de caminhar horas e horas, S... foi ao banheiro, trancou-se numa cabine e acendeu um cigarro. Segundo a testemunha presencial, o vigia percebeu, bateu na porta, começou a socar a porta e a gritar, para que ele saísse, que ele seria multado; que ele chamaria a Polícia. O paciente abriu a porta e ato contínuo agarrou o seu pescoço e fez o que fez. Não foi por vontade de fumar, propriamente, que o réu matou a vítima. Foi durante uma manifestação aguda da sua doença. A proibição do cigarro simbolizou naquele instante um bloqueio vital. A atitude do vigilante era, para ele, a atitude de um terrível perseguidor. A reação foi defensiva, instantânea, incontrolável, inconsciente. Por isso, não podemos chamá-la de fútil. Compreende?

Advogada: O senhor afirma que a reação foi inconsciente, mas os peritos oficiais afirmam que o réu se lembra perfeitamente do crime e que até chegou a dizer, numa entrevista, que, dadas as mesmas condições, não faria hoje o que antes fez. E isso significaria o grau de consciência exigido pela lei.

Psiquiatra: Eu discordo. Se esse é o conceito legal, ele não corresponde ao conceito psiquiátrico. Isso só demonstra que a doença não é uniforme. A amnésia é apenas um sintoma da doença mental. E será que ele se recorda inteiramente da sua atitude ou ele apreendeu o que fez, posteriormente, por terem contado o que aconteceu, por ter lido nos jornais? Quando ele respondeu a esse questionário, a doença se manifestava em outra direção, com outra intensidade. Fumar ou não fumar não era uma explicação razoável para uma atitude tão drástica. Nesse aspecto, ele pode ser lúcido como qualquer um de nós. Matar alguém, por esse motivo, não fazia mais sentido para ele, como nunca fez para nós. O processo de dissociação lógica não é retilíneo.

Advogada: O que é a esquizofrenia?

Psiquiatra: É uma afecção mental de caráter crônico. Há uma enorme controvérsia em torno da origem da doença. Ela pode se manifestar de diversas maneiras. Ainda não há cura, mas isso não significa que ele vá repetir esse ato de violência. Depende do tratamento que o paciente receber.

Advogada: Ele é perigoso?

Psiquiatra: Esse processo mostra que ele pode ser perigoso. Mas ele não é necessariamente perigoso. Ele precisa de cuidados, de tratamento, de medicação. Mas quanto mais longe do sistema prisional ele estiver, mais próximo ele estará da sanidade. Dentro das dificuldades próprias de uma doença crônica, que provoca uma dissociação lógica, ele pode ser feliz, sem manter comportamento agressivo. A psiquiatria pode evoluir e ele deve se beneficiar desse desenvolvimento.

Advogada: O que o senhor aconselha para esse caso?

Psiquiatra: Ele está numa ótima clínica, localizada no campo, cercado por ótimos profissionais. Quanto maior a sensação de amplitude, no seu caso, menor é a possibilidade de ele se sentir acuado. Ele não resistiria — a não ser que fosse permanentemente dopado — às privações de uma instituição fechada, tradicional. Conforme a evolução, depois de poucos meses num ambiente aberto, arejado, ele pode perfeitamente circular, viajar, ir ao cinema, enfim, não é necessário mantê-lo excluído permanentemente do convívio social.

Advogada: Não tenho mais perguntas, Excelência.

Juiz: Doutor promotor de justiça.

[*O promotor fala enquanto anda, devagar, ocupando todo o salão com seu sotaque caipira.*]

Promotor: Excelência, não posso deixar de me unir às homenagens da ilustre advogada de defesa à atuação de Vossa Excelência. Pelo menos nesse aspecto, estamos de acordo. Desde que Vossa Excelência assumiu a Presidência do Tribunal do Júri, os trabalhos vêm sendo conduzidos com uma autoridade a toda prova. [*Um breve silêncio.*] Senhores jurados, meritíssimo juiz, a opinião da testemunha contraria um laudo oficial, firmado por dois peritos. Vejam bem, é a opinião de dois peritos do Estado, que não têm interesse direto no resultado da causa, contra a opinião de um médico particular, especialmente contratado pela defesa. Queremos, em primeiro lugar, saber se o depoente foi remunerado pelo seu trabalho.

Psiquiatra: Eu recebi honorários. É normal. Cobrei o valor de uma hora de consulta para cada hora de trabalho dedicada ao caso.

Promotor: Inclusive por esse depoimento?

Psiquiatra: Sim, claro, serão cobradas. São horas de trabalho, muitas horas de espera, aliás. Eu não conhecia as partes. Fui chamado pela minha formação técnica, pela minha condição de psiquiatra. Eu também não tenho interesse direto na causa. Eu apenas torço para que o julgamento seja justo, para que se decrete a melhor sorte possível para o paciente. A minha conclusão não decorre dos pagamentos que recebi ou receberei, mas da minha convicção médica.

Promotor: Eu pensei que era por patriotismo... Que erro o senhor atribui ao laudo oficial?

Psiquiatra: Na minha opinião, é um erro de concepção. Os peritos são adeptos de instituições fechadas e rigorosas para doentes mentais. Eu não penso assim. Eu levanto também a hipótese de que os peritos da Unidade Criminológica vivem um drama funcional importante. De certa maneira, eles determinam se alguém é ou não internado no Manicômio. E tirá-los de lá é sempre um risco. Temem que um paciente pratique violência e que, depois, eles sejam responsabilizados.

Promotor: Ah, muito bem, o senhor desconfia da sinceridade profissional dos peritos.

Psiquiatra: Não, não é isso. Em primeiro lugar, temos formações diferentes. E isso, é claro, gera divergências doutrinárias. Mas entendo que um profissional que se vê diante de um dilema tão poderoso como esse possa perder o fio da precisão científica. O sistema público é insatisfatório, caótico, como todos sabemos. Falta o básico. Eles não se reciclam. O paciente recebe choque, remédio e, de vez em quando, um pouco de trabalho ou de lazer. Não se arquiteta uma terapia, um plano de saúde mental. Os peritos vivem sob o impacto desse dilema. Para eles, a liberdade do doente mental é uma ameaça.

Promotor: O laudo oficial afirma que a patologia do réu é incurável.

Psiquiatra: É correto.

Promotor: Cópia do seu parecer foi encaminhada aos peritos. Eles contestam o senhor, afirmando que sua opinião sobre a inconsciência do acusado, na hora do crime, é contraditória, e que o senhor é adepto de teorias da moda, ingênuas e desprovidas de base científica, ao concluir que o réu não é perigoso.

Psiquiatra: Como disse, nós temos divergências doutrinárias. Temos concepções diferentes da doença mental. A formação escolar dos peritos é ortodoxa, ultrapassada; eles não se dão conta da evolução da Psiquiatria nas últimas décadas. Se eles podem afirmar que a minha vocação é ingênua, eu posso qualificar a deles de autoritária, posso dizer que eles atuam como carcereiros, não como médicos. Os psiquiatras da Unidade Criminológica, é lamentável, eu insisto, vivem numa atmosfera científica superada.

Promotor: Essa discussão é que me parece insuperável, doutor V... Vamos aos fatos. O senhor acredita que esse ato de violência do réu é um ato isolado. E se eu disser que há antecedentes de violência na sua vida...

Psiquiatra: Eu os conheço. Ele destruiu uma cristaleira da Loja de Departamentos, há muitos anos atrás, e também tentou agredir um menino de seis anos que o incomodava no parque. Pelo que sei, são estes os antecedentes conhecidos.

Promotor: O senhor acha pouco?

Psiquiatra: Não se trata disso. Esses episódios devem ser compreendidos no contexto da doença. Ocorreram na adolescência, quando a doença se manifesta, ou melhor, quando ela começou a ser percebida pela família. A destruição da cristaleira foi uma crise resultante do processo de repressão que o afligia no próprio lar. Foi a partir desses dois episódios, aliás, que a família despertou para o problema. Até então, ele vivia como um jovem qualquer. E durante vários anos nada de inusitado aconteceu.

Promotor: Se aconteceu antes, como o senhor pode assegurar que não acontecerá de novo?

Psiquiatra: O réu necessita de tratamento. Não há dúvida. Se fecharmos os olhos para a doença, outros atos de violência podem realmente ocorrer. O que atesto é que ele não tinha consciência da ilicitude do seu ato quando atacou a vítima e que ele, com tratamento adequado, não é uma pessoa necessariamente perigosa. Ele é muito jovem ainda. A desordem do seu pensamento não é absoluta.

Promotor: O senhor pode assegurar aos jurados que se o réu for absolvido hoje e permanecer numa instituição aberta, sem rigor policial, num spa grã-fino, como o senhor defende, ele pode perambular por aí, sem oferecer perigo?

Psiquiatra: Eu não recomendo um spa, eu recomendo uma clínica especializada e bem equipada. Se ele receber tratamento adequado, eu posso afirmar que a possibilidade de repetição de um ato de violência como esse é remotíssima.

Promotor: Doutor, se a família do acusado fosse pobre, não de classe alta, como no caso, o senhor daria um laudo semelhante?

Psiquiatra: O senhor me ofende...

Promotor: Desculpe, não era a minha intenção. É que normalmente réus pobres não contam com esse tipo de parecer... Vou tentar de outra maneira. O senhor recomendaria a um doente pobre, que acaba de cometer um crime tão hediondo e tão gratuito, um tratamento semelhante?

Psiquiatra: Sim, claro, não há razão científica que justifique tratamento diferenciado para pobres e ricos. O fato de a família de S... possuir recursos e estar sinceramente disposta a investir no tratamento do rapaz contribui para a viabilidade do tratamento.

Promotor: Seja sincero, doutor V..., o senhor deixaria seus filhos perambularem por aí com o réu?

Psiquiatra: A pergunta não se coloca, doutor. É inadequada cientificamente e moralmente traiçoeira. De qualquer forma, eu não tenho filhos...

Promotor: Quem sabe, por isso o senhor é tão liberal... O senhor apostaria o seu diploma, para tranqüilizar os jurados aqui presentes, que o réu não é perigoso?

Psiquiatra: Eu não sou apostador, sou cientista.

Promotor: Assim, o senhor não tranqüiliza os jurados... Para eles, é importante saber apenas se o réu, solto, como o senhor quer, não andará por aí esganando vigias, quebrando lojas ou perseguindo garotos para fazer sabe-se lá o quê. Não tenho mais perguntas, senhor presidente.

Juiz: O senhor gostaria de dar mais algum esclarecimento?

Psiquiatra: Eu repito minha conclusão. O réu não precisa se submeter a uma internação destrutiva. Com tratamento adequado, em poucos meses, ele pode viver em regime ambulatorial, sob tutela, sem oferecer riscos à sociedade.

Juiz: Senhores jurados, os senhores podem fazer perguntas ao depoente. Lembro que as perguntas não podem indicar, de nenhuma forma, um pré-julgamento da causa. Sem perguntas? Sem perguntas? A defesa e a acusação dispensam a permanência da testemunha no tribunal?

Advogada: Sim.

Promotor: Nada a opor.

Juiz: Bem, o senhor deve assinar o termo de compromisso e está dispensado. Obrigado pela presença. Senhores, estamos cansados. Vamos fazer um intervalo de três horas para o jantar e para um descanso. Depois nós...

PAPEL

[*O advogado chega cedo ao Balneário do Norte. Mais de uma hora adiantado. A viagem corre bem, mas a cidade é quente, o tráfego intenso. O fórum está instalado em um prédio muito alto, imponente, construído pelo Fundo dos Portuários. O lavabo do térreo tem duas pias antigas, amareladas, e nenhuma toalha de papel. Enquanto espera as mãos secarem, entra um homem velho, entre cinqüenta e setenta anos, difícil dizer. Mulato, grisalho, baixo, magro, aparentemente saudável. Veste roupa de missa. Uns sapatos pretos, muito usados, um paletó escuro, justo, que não combina nem com a cor da calça, nem com a cor da camisa, mas que lhe cai muito bem, vestindo-o com dignidade e capricho. Entra rápido em cada uma das cabines e sai por onde veio, como um foguete. O advogado verifica que não há nem sinal de papel higiênico nas privadas. E há sujeira também. Tem tempo, sobe ao último andar. Desce as escadas, visitando, um a um, todos os banheiros masculinos e públicos do prédio. Nem sinal de papel higiênico... Pergunta ao segurança pela sala do juiz diretor do fórum e volta ao oitavo andar. É atendido por uma sucessão de mulheres atenciosas.*]

Advogado: A sala do juiz diretor é aqui?
Funcionária: Sim.
Advogado: Ele está?
Funcionária: Não, ele está no outro prédio, em audiência.
Advogado: Ele não fica aqui?
Funcionária: Não, ele fica no outro prédio. É aqui pertinho. Ele passa aqui no fim da tarde ou então amanhã, na primeira hora. Posso ajudá-lo?
Advogado: Sim, eu tenho uma reclamação a fazer. Pode ser estranho, mas não há papel higiênico em nenhum banheiro masculino do fórum. Eu estive em todos eles. Eu vi um...
Funcionária: Nossa, eu sou apenas secretária, vou chamar a diretora. Um minutinho, por favor.

[*Um minuto depois.*]

Advogado: Boa tarde, a senhora é a diretora?
Diretora: Sim, posso ajudá-lo?
Advogado: Desculpe, eu sou advogado, é prosaico, é constrangedor mesmo, mas não há papel higiênico em nenhum banheiro do fórum. Eu acredito que esse tipo de coisa afeta a imagem do Poder Judiciário, mostra uma falta de cuidado, de respeito com as pessoas que vêm aqui, sujeitas a uma aflição desnecessária, sem sentido. Eu gostaria de dizer isso ao juiz.
Diretora: O Colégio de Advogados tem um reservado. O senhor sabe onde é?
Advogado: Não, a senhora não entendeu. Eu não preciso ir ao banheiro agora. Eu apenas vi uma pessoa aflita pela falta de papel higiênico e achei que deveria reclamar. Só isso.
Diretora: Eu lamento, mas há problemas de verba.

Advogado: Não há verba para papel higiênico?

Diretora: Não. Há verba, sim, mas o papel acaba logo. Eles roubam. Sempre foi assim. Não há como repor.

Advogado: Como? Quem rouba?

Diretora: O público. As pessoas levam, é sempre assim. Ou enxugam a mão com o papel e acaba. Sei lá...

Advogado: Mas deve haver uma solução para isso. Nem todos os banheiros públicos do mundo são assaltados pelas pessoas. Será que vocês não põem pouco papel, ou será que as pessoas não pegam o papel porque sabem que vai acabar logo, ou será...

Diretora: Eu não sei, eu lamento, doutor.

Advogado: Os funcionários têm banheiros reservados, não têm?

Diretora: Nem todos.

Advogado: É por isso que a senhora não dá importância para o que eu estou dizendo. O problema do papel não existe para vocês. Mas existe para os outros.

[*O tom da conversa se eleva um pouco.*]

Diretora: Eu dou importância ao que o senhor está dizendo. Eu simplesmente não posso fazer nada. Eu não governo isso aqui.

Advogado: Quem governa?

Diretora: O tribunal...

Advogado: De qualquer maneira, eu gostaria de formalizar a reclamação. Nós não precisamos discutir. Eu sou advogado e freqüento o fórum do balneário, acho que tenho esse direito. É um absurdo faltar papel higiênico nos banheiros. Correto?

Diretora: Eu vou chamar a chefe do Gabinete. Um instante.

[*O advogado caminha de um lado para o outro. Rói a unha do dedo indicador da mão direita. Um minuto depois...*]

Chefe: Boa tarde. Eu sou chefe do Gabinete do doutor L...

Advogado: Olha, a história está ficando comprida demais. Eu sou advogado e tenho uma audiência daqui a pouco. Eu estou fazendo uma reclamação porque não há papel higiênico em nenhum banheiro do fórum. Vi também que o banheiro do andar térreo está muito sujo, fedido. A senhora me perdoe, mas como uma pessoa pode acreditar que receberá justiça se aqui nem papel higiênico tem? Alguém deveria zelar por isso. Eu gostaria de levar esse fato ao conhecimento do juiz diretor.

[*A conversa muda repentinamente de tom e, por iniciativa da funcionária, os interlocutores se aproximam. Como numa troca de segredos.*]

Chefe: O senhor pode usar o banheiro do gabinete. O juiz não se incomoda. Posso garantir ao senhor.
Advogado: Não se preocupe, eu não preciso ir ao banheiro. Digamos que é uma reclamação gratuita, teórica.

[*O diálogo volta ao tom normal.*]

Chefe: Muito bem. Meu senhor, é tudo muito embaraçoso mesmo... Mas, se não há papel higiênico nos banheiros, como o senhor diz, eu acredito, é porque acabou. Estas coisas acontecem até na casa da gente. Não é? Eu peço desculpas. Eu vou transmitir a reclamação ao juiz e, se o senhor desejar, também pode fazer uma representação por escrito, eu recebo e encaminho. Posso ceder uma máquina e papel sulfite. Tenho certeza de que ele tentará resolver o problema da melhor forma possível.

ADVOGADO: Eu acredito. Agora eu tenho audiência. Tenho de descer. Depois encaminharei a representação. Muito obrigado pela atenção. Obrigado.

CHEFE: Imagina, doutor, não há de quê. Uma boa tarde e boa audiência.

ADVOGADO: Até logo, obrigado.

CHEFE: Até logo.

PEDERASTA

[*Os réus têm pouca coisa em comum. O da direita, jornalista, veste calça jeans preta, camiseta escura, óculos, tem nas mãos uma agenda e um livro de Henry James e está visivelmente incomodado. O da esquerda, vendedor de discos, usa uma roupa justa e colorida e olha tudo com ar de desdém. A escrevente, antes de se sentar, comenta com uma colega que trouxe a pilha de processos para despacho: "Nossa, cada coisa, né? Ele é tão bonito, né?". A colega, olhando para o réu da direita, responde: "Pois é, cada coisa...". O soldado chega, boina na axila, bate uma bota na outra, faz continência e entrega ao juiz o ofício do comandante. O réu da esquerda resmunga: "Meganha nojento".*]

Juiz: O senhor é arrolado pelo Ministério Público e está depondo sob as penas do falso testemunho. O senhor conhece os réus aqui presentes?

Cabo: Deixa eu ver... eu conheço, sim. Eu acho que prendi eles em flagrante. Não foi? Acho que foi por tóxico. Não foi?

Juiz: Mas o senhor não se lembra? Faz só dois meses.

Cabo: A gente prende tanta gente, meritíssimo... Se eu olhar o processo, eu me lembro.

Juiz: O senhor é soldado da Guarda Municipal?

Cabo: Sou cabo.

Juiz: O senhor, por favor, pode ler seu depoimento no auto de prisão em flagrante.

Advogado: Pela ordem, Excelência.

Juiz: Pois não, doutor.

Advogado: A defesa requer a Vossa Excelência que o depoimento não seja exibido para a testemunha. Se o depoente não se recorda do motivo da prisão, é isso que deve ficar consignado no processo.

Juiz: Não, doutor, eu faço consignar tudo, mas eu não posso deixar de exibir o depoimento e perguntar se a testemunha confirma o que disse para o delegado. [*Voltando-se para o guarda.*] É por isso que o pessoal é absolvido, cabo. Depois as pessoas ficam falando por aí em impunidade, que a Polícia prende e a Justiça solta... É por isso, o senhor prende e depois nem lembra por quê.

Cabo: É, a gente prende muita gente, não dá para lembrar de todos os casos, né?

Juiz: É, mas isso não está certo, não. [*Ditando.*] *Que o depoente é cabo da Guarda Municipal. Que reconhece os réus presentes à audiência, mas não se recorda do motivo da prisão. Que, pelo que se lembra, a testemunha prendeu os réus por uso de tóxico. Que o depoente diz prender muitas pessoas e que não tem condições de se recordar de todos os casos. Que, a pedido da defesa, fica consignado que o depoente tem neste ato vista de seu depoimento colhido no auto de prisão em flagrante.* O senhor já se lembrou do caso?

Cabo: Sim, senhor.

Juiz: E então?

Cabo: Eu lembro, sim, nós prendemos eles em flagrante. Nós chegamos com a viatura e pegamos eles fazendo sexo dentro do automóvel. Nós demos voz de prisão por atentado ao pudor.

Juiz: O carro estava parado?

Cabo: Estava.

Juiz: O senhor se lembra qual dos réus estava na direção?

Cabo: Agora eu não sei direito. Se era o da esquerda... Não, acho que era o da direita. Agora eles estão normais, com cara de bonzinho. Os pederastas são meio parecidos, né?

Juiz: O senhor, por favor, deve se limitar a responder as perguntas. O senhor sabe ou não qual dos dois réus estava no lugar do motorista?

Cabo: Não. Com certeza, não.

Juiz: A que horas foi a prisão?

Cabo: Era de madrugada.

Juiz: Onde eles estavam?

Cabo: Eles estavam dentro do carro, numa rua atrás do Colégio Católico. Eu não me lembro o nome da rua.

Juiz: O senhor não se lembra de nada mesmo, hein! O senhor ratifica o seu depoimento anterior, que o senhor acabou de ler?

Cabo: Positivo.

Juiz: [*Ditando.*] *Que, após a leitura de seu depoimento policial, recorda-se do caso e ratifica integralmente o que disse no auto de prisão. Que o depoente flagrou os acusados fazendo sexo no carro, estacionado na rua de trás do Colégio Católico, cujo nome não se recorda, e deu voz de prisão aos réus por atentado ao pudor. Que o depoente não se recorda qual dos réus estava sentado no lugar do motorista. Dada a palavra ao Ministério Público, foi perguntado:*

Promotor: Quantos policiais acompanhavam o depoente na data dos fatos?

Cabo: Deixa eu ver... A ronda muda muito. Eu não lembro direito quem estava naquele dia, mas nós saímos em três, um cabo e dois soldados. Acho que era o A..., o G... e eu.

Juiz: [*Ditando.*] *Que normalmente a ronda é feita por*

três guardas em cada viatura, um cabo e dois soldados. Pelo que se recorda, além do depoente, a ronda era composta naquela noite pelos soldados A... e G...

Promotor: Os réus estavam nus ou vestidos quando foram abordados pelo depoente?

Cabo: Não, quando eles saíram do carro um deles estava com o zíper, com a calça aberta. Eles iam tirar a roupa, mas a gente chegou.

Promotor: Qual deles estava com o zíper aberto?

Cabo: Acho que o da direita.

Promotor: Acha ou tem certeza?

Cabo: Não, não tenho certeza, não. Já passou muito tempo.

Juiz: [*Ditando.*] *Que os réus estavam vestidos quando foram abordados pelos policiais. O depoente não sabe indicar qual dos réus, mas um deles estava com o zíper da calça aberto. Que o depoente supõe que os réus iriam ficar nus, caso a viatura não chegasse.* É isso, cabo?

Cabo: É, sim, senhor.

Promotor: Se o depoente tem conhecimento de que aquele local é freqüentado por homossexuais.

Cabo: É, o lugar é famoso. Nós sempre passamos por ali, faz parte do roteiro da ronda, eu mesmo já prendi vários pederastas em flagrante.

Juiz: [*Ditando.*] *Que informa o depoente ser de seu conhecimento que o local dos fatos é freqüentado por homossexuais, esclarecendo já ter efetuado ali outras prisões pelo mesmo motivo.*

Promotor: Nada mais.

Juiz: Doutores defensores, perguntas? [*Ditando.*] *Dada a palavra ao defensor de L..., foi dito que:*

Advogado 1: Se o local estava deserto ou havia pessoas transitando.

Cabo: Não, não tinha ninguém. Era muito tarde.

Juiz: [*Ditando.*] *Que na hora da prisão o local estava deserto. Que era de madrugada.*

Advogado 1: Excelência, o que, exatamente, estavam fazendo os réus quando os policiais chegaram?

Cabo: Eles estavam fazendo sexo.

Advogado 1: Mas o que exatamente? Sexo oral, masturbação, o quê? Ele precisa dizer.

Cabo: Ah, isso não deu para ver.

Advogado 1: Mas como, Excelência, o depoente efetuou a prisão dos réus pelo crime de ato obsceno e não sabe dizer que ato obsceno é esse?

Juiz: O senhor disse que eles estavam fazendo sexo. Afinal, o que o senhor viu?

Cabo: Eles estavam fazendo sexo...

Juiz: O que significa fazer sexo?

Cabo: Ah, meritíssimo, fazer sexo é fazer sexo. Sei lá. Eles tavam se pegando, se fossem homem e mulher eu ia dizer que era amasso. Sei lá.

Advogado 1: Eles estavam se beijando, é isso?

Cabo: Eu disse, estava escuro, não dava para ver muita coisa. Dava para ver que eles estavam dentro do carro. Mas coisa boa eles não iam fazer naquele lugar, não é?

Advogado 1: É inacreditável, Excelência, os réus são acusados de um ato obsceno que ninguém viu... Nem a Polícia. Eu pergunto ao depoente se a Guarda Municipal recebe instruções superiores para reprimir homossexuais?

Cabo: A gente recebe instrução para reprimir toda criminalidade e levar para a delegacia. Quando eles ficam na rua fazendo pouca vergonha, a gente prende.

Advogado 1: Excelência, o depoente usou duas vezes a expressão "pederasta", pouco comum hoje em dia. Onde ele aprendeu a usar essa palavra?

Cabo: A gente aprende nos treinamentos da Guarda. A gente não pode falar palavrão, então essa é a palavra que a gente usa.

Advogado 1: Por que os componentes da Guarda recebem treinamento específico para reprimir homossexuais?

Cabo: A gente recebe treinamento para combater a criminalidade em geral, e isso é um tipo de prostituição, não é?

Juiz: [*Ditando.*] *Que o declarante não sabe explicar com precisão qual foi o ato obsceno praticado pelos réus. Que a Guarda Municipal recebe instrução dos superiores para reprimir os homossexuais, que, segundo o depoente, exercem um tipo de prostituição. Que aprendeu a usar a expressão "pederasta" no treinamento da Guarda.*

Advogado 1: Como foi a aproximação da viatura? Se a viatura do depoente entrou na rua pela contramão antes de abordar os réus.

Cabo: É, a gente chega de surpresa, né, senão eles disfarçam. A gente vem pela contramão e com o farol apagado; quando a gente vê um suspeito, aí liga a sirene e faz a abordagem, de repente, no susto...

Advogado 1: Isso faz parte do treinamento deles?

Cabo: É, isso é uma tática nossa.

Juiz: [*Ditando.*] *Que a abordagem dos réus foi de surpresa. Que a viatura vinha com o farol apagado e pela contramão. Que ao constatar a presença dos réus em atitude suspeita, ligaram a sirene e abordaram os acusados. Que recebe treinamento da Guarda para agir dessa maneira, de surpresa.*

Advogado 1: Por que, Excelência, a atitude dos réus foi considerada suspeita?

Cabo: Ué, parado aquela hora, naquele lugar, dois homens. Isso é supeito. A gente tem ordem de abordar.

Juiz: [*Ditando.*] *Que o depoente considera suspeito um*

veículo parado naquele local, naquele horário e com dois homens dentro. Que em tais circunstâncias, a ordem dada ao depoente é abordar. Mais perguntas, doutor? Não? E o senhor?

Advogado 2: Sem pergunta.

Juiz: [*Ditando.*] *Dada a palavra ao defensor de V..., nada foi reperguntado.*

CORREIO

[*Seu nome é chamado em voz alta. Há ansiedade. Sempre que um oficial aparece, o burburinho se dissolve e um certo mal-estar reina entre os candidatos à chamada. "Fulano de tal, fulano de tal." Todos se olham, todos se mexem. Quando o réu, homem baixo, meio gordo, meio cabeludo, meio assustado, entra na sala, o juiz está lendo páginas do processo. O silêncio só é interrompido pela colocação do papel na máquina de escrever: crom, crom, crom... Com um olhar, a escrevente indica a cadeira, ele se senta e o silêncio permanece até que o juiz se dá por satisfeito, faz estalar a cadeira e pergunta seu nome.*]

Juiz: O senhor é acusado de corrupção passiva, de receber vantagens pessoais, como dinheiro, cigarros, bens móveis, gêneros alimentícios e favores fora da prisão, tudo isso em troca de servir de correio para os presos. Diz a denúncia que o senhor, na qualidade de agente penitenciário concursado, violou o regulamento administrativo que disciplina o trânsito da correspondência recebida e enviada pelos detentos, colocando em risco a segurança do estabelecimento e da própria população. Oito presos confessaram ter pago ao senhor para a saída de cartas da prisão e recebimento de encomendas, sem o conhecimento da diretoria. O senhor foi preso em flagrante delito, portando um envelope clandestino, que continha uma carta trazendo mensagens cifradas e uma nota de cinqüenta reais. Na sua residência foi apreendido um rádio-relógio, cujas características coincidem com a descrição de um dos presos de um presente que ele disse ter dado ao senhor. Consta que o senhor foi demitido a bem do serviço público, por conduta incompatível com a permanência no cargo. O que o senhor tem a dizer a respeito disso? Isso é verdade?

T...: Eu digo que isso é migalha, que eu sô inocente, que as coisas não são assim.

Juiz: O senhor nega a acusação?

T...: É, eu nego, sim.

Juiz: Vamos ver... Conte o que o senhor quer contar. Há quanto tempo o senhor é agente penitenciário?

T...: Faz sete anos, eu fiz concurso. Eu trabalhei no sistema mais de cinco anos. É isso. É aí que eu falo. Eu não fiz essas coisas que estão dizendo que eu fiz, não. Eu não sou louco, eu nunca prejudiquei a segurança do presídio. Não ia ser eu que ia correr o risco, era? Se eu ponho uma arma pra dentro, depois ela pode me acertar, certo? Um, eu não fazia isso pra qualquer um, só para quem era bom preso, e tinha que ter motivo, coisa de urgência. Dois, eu lia a carta e, se não tinha nada demais, eu tirava. Eu fazia por amizade. Era notícia de um parente, era um pedido de visita, uma carta de namoro, uma doença, um pedido. O senhor sabe, muitos continuam a vida do lado de fora. Se eles perdem isso, é pior. Por isso, eu ajudava.

Juiz: Mas se eram cartas normais, como o senhor diz, por que mandá-las pelo senhor e não pela rotina normal, como os outros presos fazem?

T...: Como é que eu posso explicar? Eles têm vergonha.

É, eu não sei se o senhor sabe, os guardas gozam muito dos presos. Um preso escreve para a namorada, aí vem o guarda e fala que ele quer namorar com ela, que vai encontrar a menina. O senhor entende? Um preso não escreve o que pensa porque para ele não tem segredo. Os guardas zoam, brincam com as cartas. É assim, pra provocar mesmo. Eu já vi muita briga começar assim. Então, é isso que eu fiz. Eu ajudei, eu punha umas cartas pra fora, ligava pras famílias, trazia um remédio, nada de mais. Eles me davam um presente de vez em quando, eles gostavam de mim, não é de corrupção, não. Entende?

Juiz: E esta carta que foi apreendida com o senhor? Ela estava fechada, havia uma mensagem cifrada. O senhor leu esta carta antes de levá-la para fora do presídio?

T...: Não, olha... Aí já foi armação. Eles descobriram que eu tirei uma carta dizendo que três agentes bateram em dois presos. E que um deles tinha até risco de vida. Não era no meu pavilhão, eu não sabia o que tava acontecendo lá, eles estavam nervosos. A carta ia para um advogado. Disse que não, porque achei arriscado. Eles insistiram, eu não gosto de violência de graça, sabe, e acabei levando a carta. Deu a maior confusão. O tal do advogado trouxe um promotor e um médico para a cadeia. Os presos estavam machucados e prestaram depoimento. Só que o advogado juntou a carta no processo. Aí, eles apuraram na cadeia que era eu e armaram essa arapuca.

Juiz: Mas que arapuca?

T...: Essa carta foi arapuca deles. Foi assim, olha: um preso da cozinha, tá lá faz quinze anos, boa praça, homem que nem quer saber de sair de lá, passa bem, é amigo do pessoal. Eu sempre tirava umas cartas pra ele. Não tinha nada de mais não, era para uma tia, para um sobrinho. Ele falava que tinha vergonha do carimbo azul da penitenciária, o carimbo que eles põem nas cartas que passam pelos diretores. Pois ele se chegou, bem na hora d'eu sair, no turno, e pediu pra mandar pra tia dele, que era importante. Eu peguei a carta e naquela hora nem tinha como ver o que era. Pus no bolso. Eu ia ver depois, lá fora, mas me pegaram antes e foi armação. Aquilo não é carta de preso... Aquilo eu não levava, nunca, ele sabia disso. Nunca vi uma carta que nem aquela. Obrigaram ele, só pra me pegar. Eu tenho certeza. É vingança, lá a coisa é assim. Só para o senhor ver, o sindicato nem me deu advogado, disse que eu traí os guardas...

Juiz: E estes presentes que o senhor recebeu dos presos?

T...: É migalha, senhor. Eu nunca pedi nada. Mas um preso vem, faz um agrado. Se ele é bom, você faz amizade, não é? Uma visita traz banana, ele dá um pouco, meia dúzia, é coisa assim, pouca. Aquele relógio eu ganhei mesmo do R..., é que o filho dele trouxe outro no Natal, e ele me deu. Eu não tinha um daquele, com rádio. Eu aceitei. Não é assim: eu levo se você me dá tanto. Dinheiro mesmo eu nunca ganhei e nunca pedi. Só coisa. Isso é corrupção?

Juiz: Isso nós vamos saber no fim do processo. Eu não gosto do que o senhor fez, mas também não gosto do que eles fazem. Vamos ver. O senhor não tem advogado?

T...: Tenho, sim. Ele tinha outra audiência agora e não veio. Eu vou me encontrar com ele depois, no escritório.

Juiz: Bom, o seu advogado tem três dias para apresentar defesa. Se o senhor tem testemunha, o senhor deve passar para ele o nome e o endereço, certo?

T...: Certo.

Juiz: O senhor está trabalhando?

T...: Mais ou menos. Eu tô ajudando um cunhado que tem um mercadinho. Mas não dá muito, não. Eu tô procurando alguma coisa, mas é duro. Eu achei uma firma, mas eles descobriram o processo e aí eu não fiquei.

Juiz: O senhor já foi processado antes?
T...: Não, de jeito nenhum.
Juiz: Quantos anos o senhor tem?
T...: Quarenta.
Juiz: O senhor é casado, tem filhos?
T...: Sô sim, tenho duas meninas, duas gêmeas.

Juiz: Certo. O senhor deve comparecer a todas as audiências, o senhor está em liberdade provisória... O promotor pediu o relaxamento da prisão em flagrante, temendo pela sua segurança se o senhor ficasse preso. Mas o senhor não pode desaparecer, não.

T...: Eu sei e agradeço. É, se eu for pr'um presídio, vai ficar ruim.

Juiz: [*Ditando.*] *Que o interrogando nega a acusação. Que o interrogando era agente...*

TELEFONE

[*Chove torrencialmente e o movimento nos corredores fica ainda mais nervoso. Além de vencer o trânsito, muito mais caótico em dias de chuva, as pessoas encontram demoradas filas para tomar táxi, pegar o elevador. Atraso, capas, guarda-chuvas, camisas, papéis, pés, mãos, carecas, cabelos, tudo molhado, conspiram contra o bem-estar de quem está no fórum. O advogado chega esbaforido ao 27º andar, cumprimenta ligeiramente a parte contrária, que logo identifica no corredor, dirige-se à escrevente que, gorducha, sentada à porta da sala de audiência, ainda fechada, datilografa vagarosamente a qualificação de réus e testemunhas que, logo logo, serão inquiridos.*]

Advogado: O juiz está?

Escrevente: Está, mas ele ainda não está atendendo, a sala ainda está fechada. Ele está no telefone.

Advogado: Mas o expediente começa à uma hora da tarde. Já é uma e vinte e cinco.

Escrevente: Eu sei, mas é ordem dele, para ninguém entrar. Por favor...

Advogado: Eu vou falar com o juiz, eu tenho que despachar uma petição urgente, antes da audiência.

Escrevente: Por favor, o senhor ainda não pode entrar. A primeira audiência é só à uma e meia.

Advogado: Posso sim, as portas já deveriam estar abertas.

[O *advogado avança, abre a porta, a escrevente sai em seu encalço, o juiz está de lado, ao telefone. Interrompe a conversa.*]

Juiz: Eu ligo depois, agora eu não posso falar. Até já. O que o senhor quer?

Escrevente: Ah, doutor P..., desculpa, ele não me obedeceu...

Advogado: Excelência, eu tenho uma petição para despachar com o senhor antes de começar minha audiência, que é a primeira da pauta. É muito urgente. Meu cliente foi ameaçado ontem, ele...

Juiz: A porta ainda está fechada, doutor. O senhor não reparou? As faculdades de Direito deveriam incluir no currículo uma matéria chamada Boas Maneiras...

Advogado: Eu sinto muito, Excelência, mas não é problema de educação, não. Eu não quero incomodá-lo, mas eu insisto, eu tenho urgência. Daqui a pouco vai começar...

Juiz: O senhor se retire imediatamente. Quando a porta se abrir, eu atendo o senhor.

Advogado: Eu não posso esperar, o meu cliente, ontem...

Juiz: O senhor vai esperar, sim. J..., por favor, chame os seguranças. O senhor vai sair nem que seja na marra, ou eu prendo o senhor por desacato. Saia daqui!

Advogado: Eu não vou sair, Excelência, eu mereço respeito.

Juiz: Se alguém faltou com o respeito aqui, foi o senhor.

Advogado: Eu não admito que o...
Juiz: Paciência. J..., corre, vai chamar a segurança, anda.
Advogado: Excelência...
Juiz: Doutor, eu tenho direito à privacidade. O senhor interrompeu uma conversa importante, com a minha mulher. Eu também tenho família, sabe, tenho problemas também, assuntos íntimos, e não tenho um gabinete, compreende? O expediente já vai começar, mas quando eu mandar a porta abrir.
Advogado: O expediente já começou, Excelência. É mais de uma da tarde. Os provimentos são claros...
Juiz: O senhor vai sair daqui agora.
Advogado: Não vou.

[*Dois seguranças, vestindo uniforme preto, com um distintivo estilizando o planeta Marte, entram na sala, com alguns curiosos.*]

Juiz: Vai sim... Os senhores, por favor, retirem esse homem da sala, já. Agora!

[*Um segurança segura o advogado pelo braço.*]

Advogado: Eu vou representar contra o senhor na Corregedoria. O senhor vai ver.
Juiz: Faça isso, doutor. Faça isso. Vamos J..., anda, fecha a porta e não deixa mais ninguém entrar na sala. Eu tenho de dar um telefonema.
Escrevente: Por favor, vamos saindo, todos, por favor, vamos, vamos...

AMIGO

[*A cidade está cinza. Inverno e poluição. As pessoas andam apressadas. Para M..., é o pior dos dias. Ele, que freqüenta aquele lugar diariamente, que conhece as pessoas, os balcões, os escaninhos, experimenta agora o que é ser réu. É como se as pessoas, o corredor, a sala, percebessem o constrangimento e sentissem compaixão, solidariedade. Um ilustre representante do Colégio de Advogados, especialmente escolhido, o acompanha todo o tempo. O juiz, seu velho conhecido, o trata com cordialidade. Nenhum privilégio, mas nenhuma restrição inútil. Não é um dia comum. É um dia frio, é fim de tarde e o fórum criminal está quase deserto.*]

Juiz: O senhor foi denunciado por infração ao artigo 342 do Código Penal, que estabelece pena de dois a seis anos de reclusão para o falso testemunho. Consta que o senhor orientou B..., testemunha de defesa, a mentir em depoimento colhido nos autos da ação penal instaurada contra Y..., julgada procedente. Consta, também, que o inquérito foi arquivado em relação à testemunha, porque, segundo o entendimento exposto pelo promotor, ocorreu um caso típico de erro de proibição. Uma pessoa procura o advogado para se instruir, mas, em vez de receber um esclarecimento sobre a lei, diz a denúncia, ela foi induzida a mentir. O senhor, certamente, leu a denúncia, não leu? O senhor tem alguma coisa contra as testemunhas arroladas?

M...: Não, a não ser a ingenuidade ou a falta de vergonha.

Juiz: O senhor já foi preso ou processado anteriormente?

M...: Sim, preso e processado, uma vez, faz dezessete anos, por desacato. A ação penal foi trancada pelo Tribunal de Apelação por falta de justa causa. Eu me desentendi com um juiz. Estávamos num péssimo dia, como hoje. Nenhum dos dois tinha razão.

Juiz: O que o senhor tem a dizer da denúncia?

M...: Não é verdadeira.

Juiz: O que aconteceu?

M...: Fui procurado por um cliente, réu em ação penal por homicídio culposo. A versão que ele me apresentou já incluía a testemunha presencial. Conversei com ela, procurado por ela em meu escritório dias antes da audiência, para explicar como era o procedimento. Foi o que fiz. Estivemos juntos por menos de quinze minutos. Ela depôs, confirmando a versão do réu. A acusação sustentou que ela mentiu, que a manobra do veículo por ela descrita era inviável do ponto de vista físico. O juiz do caso afirmou, na sentença, que ela mentiu, determinando a extração de peças para a apuração do delito. Ela foi indiciada e disse que foi orientada pelo advogado. Deu o meu nome, meu endereço, meu telefone, minha descrição física, e disse que eu a induzi a mentir, que seria por um motivo nobre, para ajudar um amigo. Disse não saber que o falso testemunho era uma infração tão grave. Pelo contrário, disse que, segundo a minha orientação, o falso testemunho era como jogar no bicho, uma infração comum e sem importância. Eu fui denunciado, ela é testemunha. Estes são os fatos. É tudo mentira.

Juiz: Mas por que ela faria isso contra o senhor, por que ela o acusaria, qual o motivo?

M...: Para se livrar. Hoje eu sei que o ser humano é capaz de acusar um inocente para se ver livre de uma acusação criminal.

Juiz: Havia mais alguém, um colega, um estagiário, alguém mais presente durante a conversa?

M...: Não. Só nós, só eu e ela. É a palavra de um contra a palavra do outro. Não gravamos a conversa, não temos testemunhas presenciais. Não tenho como provar que aquilo que falo é verdade. Talvez seja esta a principal explicação para se dar imunidade ao advogado. Sem ela, se pudéssemos ser livremente presos e acusados, como eu estou sendo agora, a profissão perderia o sentido, a credibilidade, não haveria um mínimo de segurança para os que a exercem nem para os que dela precisam.

Juiz: Acho que não é necessário falar do meu constrangimento. Nós somos amigos, trabalhamos juntos, agora...

M...: Mas o senhor recebeu a denúncia...

Juiz: E o senhor perdeu o *habeas corpus* no Tribunal de Apelações... Eu espero que o senhor compreenda minha posição. Eu prefiro eu mesmo interrogá-lo, eu que sempre o respeitei, do que ver um colega meu tratando-o de forma humilhante.

M...: Eu não o recrimino, não, de jeito nenhum.

Juiz: Obrigado. O que o senhor apresenta em sua defesa?

M...: Nada: só o meu passado. Eu sei, eu serei absolvido por falta de provas, mas sempre existirá nas pessoas aquele sentimento de dúvida, aquela ponta de desconfiança. Ele é mesmo inocente? Esse é o pior tipo de processo que há. Chega ao fim, mas nunca termina. Repousa, reaparece quando menos se espera...

Juiz: Eu sei... O que eu posso dizer é que serei isento e que quero terminar logo a instrução, quero dar a sentença ainda este ano, antes do Natal. Pelo menos, assim, o nosso constrangimento acaba logo. O que o senhor acha?

M...: Tudo bem.

Juiz: [*Ditando.*] *Que o interrogando nega a acusação. É advogado militante no foro desta comarca. Já foi preso e processado anteriormente...*

Este livro foi composto em Minion
pela Bracher & Malta, com
fotolitos do Bureau 34 e impresso
pela Bartira Gráfica e Editora em
papel Pólen Soft 80 g/m² da Cia.
Suzano de Papel e Celulose para a
Editora 34, em junho de 2001.